힘이되는 회사원

회의하는 회사원

초판 1쇄 인쇄 2016년 1월 20일
초판 1쇄 발행 2016년 1월 27일

지은이 서대리(서제학)

발행인 장상진
발행처 경향미디어
등록번호 제313-2002-477호
등록일자 2002년 1월 31일

주소 서울시 영등포구 양평동 2가 37-1번지 동아프라임밸리 507-508호
전화 1644-5613 | **팩스** 02) 304-5613

ⓒ 서제학

ISBN 978-89-6518-170-5 03810

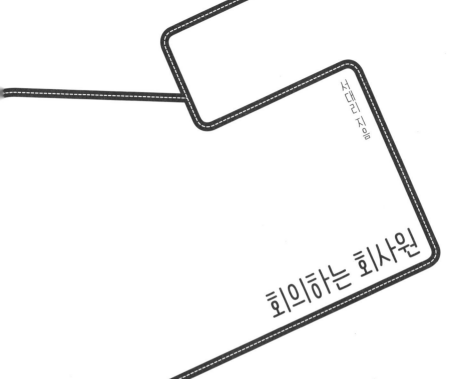

서대리 지음

회의하는 회사원

경향미디어

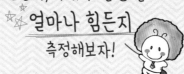

'힘들다, 죽겠다' 말만 말고
얼마나 힘든지
측정해보자!

번호	힘듦도 기준	체크
1	출근 시간이 1시간 이상 걸린다.	
2	심지어 서서 간다.	
3	내가 한 걸 자기 것으로 보고하는 놈이 있다.	
4	월급을 일한 시간으로 나누면 알바비(최저임금)보다 적다.	
5	나는 일하는데 쟤는 논다.	
6	상사가 시도 때도 없이 주위를 어슬렁거린다.	
7	내 모니터에 보안필름이 없다.	
8	18시 즈음 회의하자고 부른다.	
9	나 없는 데서 내 뒷담화할 것 같은 직원이 있다.	
10	주 2회 이상 화장실 변기에 앉아서 존다.	
11	임원 사무실이 반경 10M 이내다.	
12	입사 후 가슴보다 배가 더 나왔다.	
13	단체 톡방에 팀장이 있다.	
14	팀장이 페이스북 친추를 걸었다.	
15	사무실에 변태가 있다.	
16	상사가 자꾸 소개팅을 해주고, 결과를 계속 묻는다.	
17	상사가 말할 때마다 입냄새 쩐다.	

나 직장생활 너무 힘들어ㅜ

야, 내가 훨씬 더 힘들어!

18	작년 미사용 연차가 5개 이상이다.	
19	연애 못한 지 6개월 이상 됐다.	
20	오늘은 월요일이다.	
21	출근하면 앉기도 전에 불려간다.	
22	점심시간 대화의 80%가 업무 얘기다.	
23	사직서 양식을 검색해봤다.	
24	헬스장 또는 학원에 한 달 이상 기부 중이다.	

체크 개수	힘듦도 평가
1~6개	웬열~ 이 정도로 힘들다 하신 건가요?
7~12개	오오, 미간에 주름 좀 잡아 보셨군요!
13~18개	대단하네요, 어디 가서 힘들다는 소리 좀 하겠어요!
19~24개	축하합니다! 지옥에 취직하셨군요^^

평가 기관: 회의하는 회사원

김연아가 '트리플 악셀' 대신 '엑셀'을 돌렸다면

찰스 바클리가 '파워포워드' 대신 '파워포인트'를 했다면

그들은 슈퍼스타가 될 수 있었을까?

'그래, 나도 회사원 말고 나에게 맞는 재능이 있을 거야!'라고 생각하며

7년째 열심히 회사에 다니는 서대리입니다.

매일같이 회의를 하며 회의감에 젖어들 때도 있지만

동료들과의 한잔 술에 오늘의 시름을 날리고

꼬박꼬박 나오는 월급으로 빛나는 내일을 그리는

바로 우리, 대한민국 직장인들의 속마음을 풀어봅니다.

바쁜 직장생활 중에도 '책'이라는 외도를 할 수 있도록

응원해준 가족, 애인, 친구, 동료, 구독자 분들께 진심으로 감사드리며

(꾸준히 소재를 제공해준 그 XX도 고맙다.)

신선하지만 수더분한 우리 직장인들의 이야기,

"지금 결재 올립니다."

×
×
×

보고서 4

보고서 5

보고서 6

회사연

보고시

1

회의하는 회사원

결재	담당	팀장	상무	본부장	사장	회장
	☺					
	/	/	/	/	/	/

관련문서 첨부

이야기
하나

멀 그렇게

열심히 하냐

받은 만큼만 일해

🗂️🔍 그럼 점심때 퇴근.pdf

오늘 왜 이렇게

일하기가 싫지?

5월

1월

12 25

10.3

6

📁🔍 365일 오늘.hwp

이야기
셋

늦은 퇴근길

발걸음이

무겁다

🔍 살쪄서.ppt

이야기 넷

연차가

쌓일수록

양 어깨가

무거워진다

치느님!

 어깨에도 살쪄서.doc

젊은 사람이 연애도 하고

학원도 다니고 해야지,

여태 퇴근 안 하고 뭐해

누가 일을
이렇게 많이
시켰지?

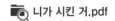

📁 니가 시킨 거.pdf

이야기
일곱

병원에서

술 마시지 말고

규칙적인 식사에

운동하래

🔍 퇴사 권유인가.hwp

안

A자료 줘봐!

녕

출근하자마자

자료 달라 하지 마라

빌게이츠도

그렇게 빨리 못 켠다

아니 지.금. 줘.

…하십니까

🔍 노트북 부팅.hwp

이야기
아홉

의도치 않게

email 끝에서

깐깐한 사람이

되어버렸다

📁🔍 적극적인 협조 검사합니다.hwp

이야기 열

수십 번을 고치고 고쳐

이게 바로 최종 안이다

최종	진짜최종	진짜진짜 최종	마지막
최최종	진짜최최종	끝	마지막일까
최최최종	이번엔 진짜최종	끝이길	마지막이겠 지

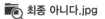

최종 아니다.jpg

EXIT

이야기
열하나

할 일 있어?

약속 있어?

근데 왜 안 가?

헉

 팀장 있어.hwp

이야기
열둘

회사원들도

직업병 있냐?

🔍 직업이 병임.ppt

네 카톡 프로필에

친구 좀 소개해주라

 전데요.psd

이야기
열넷

자, 2차 3차는

원하는 사람만

가자고

내 책상이
어디 갔지?

🔍 (회사 다니기) 원하는 사람.hwp

야,

나 젊을 때는

이런 건

상상도 못했어!

📁🔍 나도 너 같은 건 상상도 못했다.jpg

이야기
열여섯

내일 걱정은

내일 하고

2차, 3차

막 달리자고!

🔍 넌 내일 연차더라?.xlsx

이야기
열일곱

'참을 인' 자

세 번이면

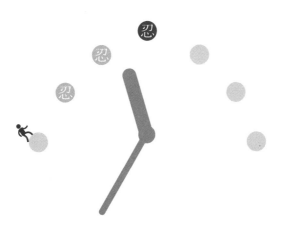

겨우 점심시간이다.jpg

이야기
열여덟

물론 회사에서

내가 일하는 건

당연한데

🔍 쟤가 너무 노니까 억울해.hwp

처음엔 멋으로,

한때는 맛으로,

요즘은 살려고

 모닝커피.xlsx

우리집은

여관인가

📁🔍 잠만 자고 출근.xlsx

이야기
스물하나

닫혔다던

성장판이

취직하고

열렸다

배 둘레만 쑥쑥

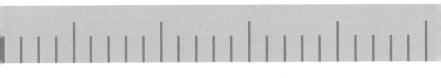

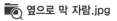
옆으로 막 자람.jpg

이야기
스물둘

야, 너 담배만

안 피워도

부자 됐겠다

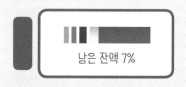

남은 잔액 7%

🔍 난 안 피는데 더 거지.hwp

이야기
스물셋

지난 한 해 정말 힘들었지만

웃으며 돌아보니 차곡차곡

내 것으로 쌓인 것도 많구나

내장지방, 할부금, 불만, 못 쓴 연차.jpg

보고서

2

p.039

회의하는 회사원

결재	담당	팀장	상무	본부장	사장	회장
	😊	😊				
	/	/	/	/	/	/

📎 관련문서 첨부

그래 커피 몇 잔

안 마심 되지 하고

결제버튼 누르고는

🔍 커피는 커피대로 또 퍼마심.jpg

학생 땐 촌스럽고

못생겼었지만

직장 다니며

돈도 벌고 꾸미니까

세련되게 못생김.xlsx

내년 고과 챙겨줄게

올해만 바닥 깔아줘

🔍 내가 인테리어 기사냐.ppt

그래,

팀장도 밖에선

누군가의 자식이고

어버일 텐데

🔍📁 왜 집에 안 갈까.jpg

이야기
다섯

알바비는 손에

쥐어라도 봤지

통과

BANK

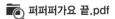 퍼퍼퍼가요 끝.pdf

이야기
여섯

네 애인이랑

허니버터칩이랑

닮았다

📁🔍 돈 있어도 못 구함.jpg

큰돈 들여 헬스 등록

두 번 가고 기간 만료

 기부천사.ppt

이야기
여덟

내가

바이브도 아닌데

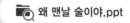
왜 맨날 술이야.ppt

니 날짜는

니가 정하고

내 날짜도

니가 정하고

🗂🔍 연차 사용계획.jpg

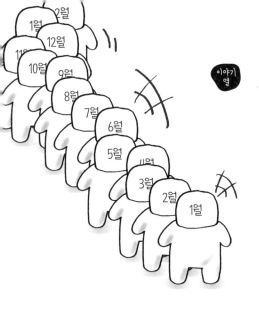

쓰러질 만큼 힘들어도

네 덕분에

난 힘내서 일해

 할부금.xlsx

이야기
열하나

할 일 끝났으면

오늘은 칼퇴해라

아뇨, 좋아서

남아 있는 건데요 뭘

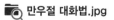
만우절 대화법.jpg

이야기
열둘

일 시킬 땐

BE 정규직

계약할 땐

非 정규직

📁🔍 (비)정상 조건.psd

이야기
열섯

내꺼 내가 쓰는데

뭐 이렇게 말이 많아

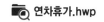

연차휴가.hwp

이야기
열넷

아... 진짜

휴가 가고 싶다

너 얼마 전에

갔다 왔잖아?

응… 그러니까 더….jpg

이야기
열다섯

더블클릭

연발해도

열릴 생각

없더니만

🔍 좀 이따 창 5개 뜸.jpg

야, 나 같음

여기 안 온다

하하하,

선배님도 참~

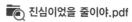
진심이었을 줄이야.pdf

쥐꼬리만한 월급에도

아쉬운 내색 한번 없이

기쁘게 다 가져간 널 보니

지난 한 달이 보람차구나

나 간다~

월급

To 카드사 .hwp

면접 볼 땐

9 to 6라더니

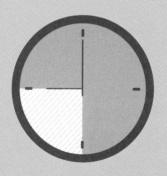

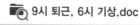
9시 퇴근, 6시 기상.doc

이야기
열아홉

그가 봤을까?

내가 빨랐지!

🖼🔍 Alt + Tap.jpg

이야기
스물

너도

열심히 하면

나처럼

될 수 있어!

🔍 그럴까 봐 열심히 안 함.ppt

한글로도

소통 못하면서

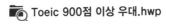
Toeic 900점 이상 우대.hwp

이야기
스물둘

야, 저녁

뭐 먹을래?

니가 말한

소통이

小通이니

그렇담 大성공.hwp

보고서

3

p.065

회의하는 회사원

결재	담당	팀장	상무	본부장	사장	회장
	😊	😊	😊			
	/	/	/	/	/	/

🔖 관련문서 첨부

이직해도

다 똑같은데

뭐 때문에

옮기려 그래

📁🔍 거긴 니가 없어.doc

이야기
둘

내가 자판기냐

갑자기 와서 뭘

당장 내놓으래

당장 내놔!

보고서

파일

🔍 동전 넣어 주든가.jpg

라는 사람들이 모인 곳 = 회사.jpg

이야기
넷

인재들이 선망하는 회사

인재들이　망하는 회사

🔍 처음 생각 지금 생각.pdf

내 눈은

모니터를 보지만

내 마음은

항상 너만 봐

 팀장 눈치.pdf

여친 :

내가 왜 화난지 몰라?

팀장 :

뭐가 잘못된지 몰라?

🔍📁 내가 궁예냐.jpg

먹기 싫은 메뉴를

먹기 싫은 사람과

내 돈 내고 먹기

더러워서 담배를

배우든가 해야지

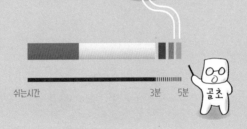

쉬는시간   3분   5분   **골초**

🔍 담배는 휴식, 음료수는 농땡이.jpg

이야기
아홉

아...

시차 적응 안돼서

죽겠네

회사 안이랑 밖이랑
시차가 달라

휴가 후 일상복귀.pdf

출근하면

이직 생각

퇴근하면

출근 준비

슬픈 뫼비우스의 띠.doc

중
요함

이것도

이게 더

저것도

이것 또한

그럼 이건

이것 또한

그럼 이건

그것도

이게 더

이것

저것도

이야기
열하나

선택과 집중

한다더니

선택만 집중

하고 있네

그것 또한

꼭 필요함 이게 더 저것

그럼 저건 역시

역시

📁 다 중요하고 다 하래.ppt

매우 중요

굉장히 중요 그럼 그건

늦게까지

일하면

칭찬받을 줄

알았는데

🔍 일 더 받음.xlsx

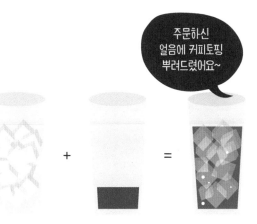

내가 이 돈주고

얼음을 시켰나

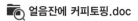

우리 팀은

직급 구분 없는

수평적 관계가

장점이야

 n빵.doc

이야기
열다섯

시작은

인간극장

끝은

반지의 제왕

골룸
골룸

자기소개서.doc

이야기
열여섯

쓰다 보니

내가 아닌 건

포토샵뿐이

아니구나

🔍 자소설.ppt

고작 이만 원

고민 이빠이

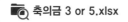
축의금 3 or 5.xlsx

야근 탈진

칼바람에도

이 악물고

너를 보낸다

모범택시.hwp

이야기
열아홉

a랑 b 중에

a로 컨펌드리구요

a를 3가지

느낌으로 해주세요

오병이어의 기적.ppt

대학생 최저임금까진

참겠는데

군인보다 적은 건

못 참겠다

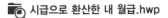 시급으로 환산한 내 월급.hwp

이야기
스물하나

내일 출근해서

볼 수 있게만 해줘

헐

PM 6:45.xlsx

이야기
스물둘

내게 뭐 먹고 싶냐고

물어본 건

네가 뭐 먹고 싶은지

맞추란 말

너랑만 아님 다 좋아.ppt

이야기
스물셋

의견 보탤까 말까

고민하다 보태면

저기...

어 그래, 서대리가 해!

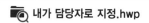

내가 담당자로 지정.hwp

내가

더 설명 안 해도

무슨 말인지 알지?

📁🔍 지도 모를 확률 90%.hwp

보고서

4

p.093

회의하는 회사원

결재	담당	팀장	상무	본부장	사장	회장
	😊	😊	😊	😊		
	/	/	/	/	/	/

관련문서 첨부

호의가 계속되면

권리인 줄 알고

야근을 계속해주면

업무시간인 줄 안다

6시 넘으면 일 시키지 마.jpg

이야기 둘

읽지 않은 하나의 메시지가 있습니다.

야아,

오랜만이야

잘 지내지?

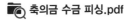

축의금 수금 피싱.pdf

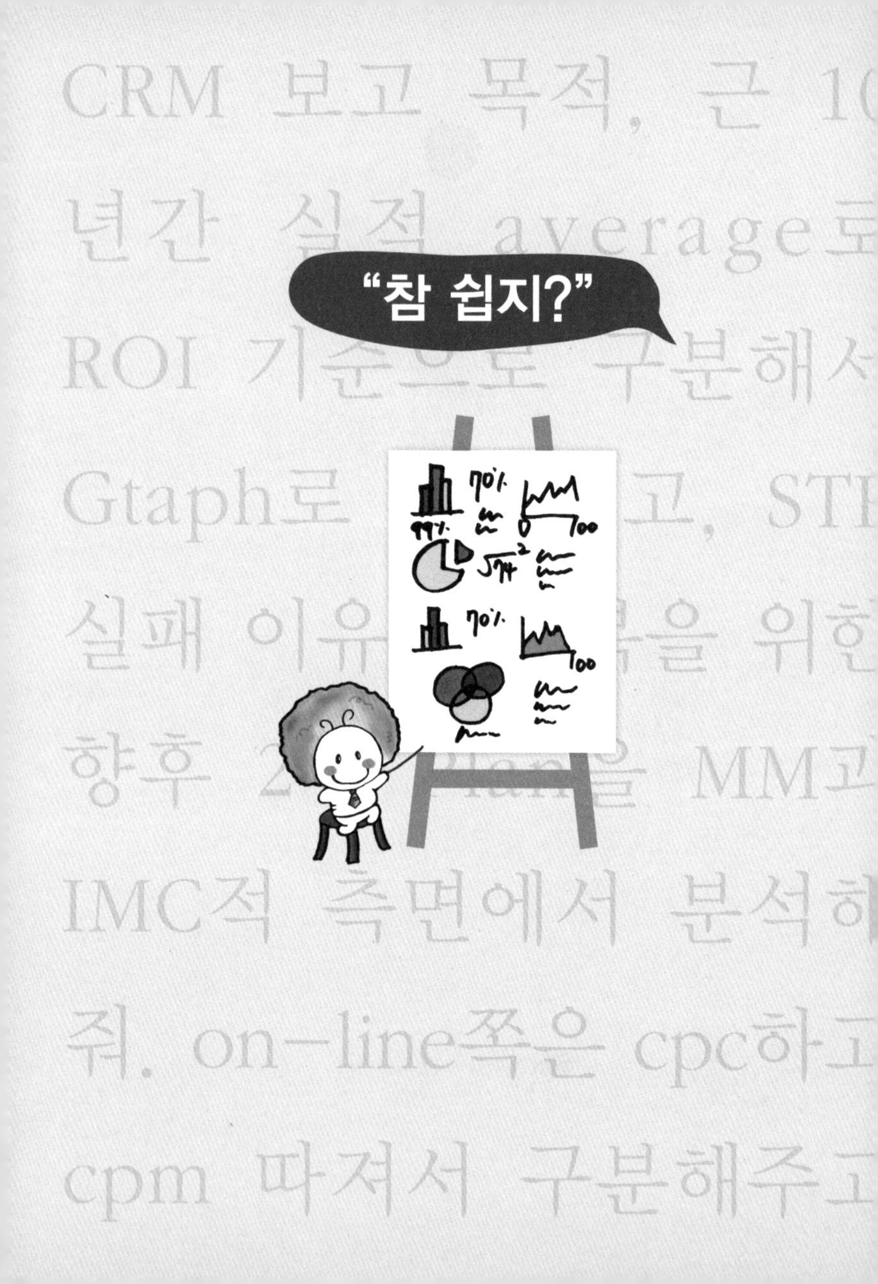
"참 쉽지?"

부탁 좀 할게

정말 간단해!

그게 아니지

이게 어려워?

커피 한잔 살게
고마워~^^

상사

니가 하든가.hwp

일 시킬 땐

너밖에 없어

보고할 땐

넌 밖에 있어

📁🔍 내 노동 니 실적.ppt

어차피 이럴 거면

재택근무로 이름 바꿔

서대리

보고서 어딨어?

수정해서 메일 보내!

 연차 중 업무전화, 문자, 메일.hwp

그래,

첨부터 이렇게 해왔으면

너도 개고생 안 했잖아.

통과!

📁🔍 처음 보고했던 파일.ppt

이야기
일곱

회의하자고

부르는 걸 보니

🗂️ 지금은 6시.xlsx

이야기
여덟

오늘같이

힘든 날엔

내 몸에

쓰고 싶어

ctrl + c ⇨ ctrl + v.jpg

ctrl c

넌 나 대신 야근하고

ctrl v

copy 1.jpg

넌 나 대신 늦잠자고

copy 2.jpg

넌 나 대신 여행가고

copy 3.jpg

차례대로

의견 내고

이제 바로

내 차롄데

🗂️🔍 앞사람이 내꺼 얘기.jpg

이야기
열

보고했더니

보고만 있네

응?

 피드백 無.doc

야, 리더는

아무나 하는 게 아냐!

변해야 될 건

하나도 안 변하고

변해선 안 될 건

자꾸 변해가고

🗂️🔍 회사 그리고 나.xlsx

이야기
열셋

나한테 좀

고만 물어

너 모르면

나도 몰라

📁🔍 입사 동기.pdf

이야기
열넷

내가 커피 마시자면

맨날 방금 마셨다네

아···

🗂️🔍 **카페인이 좋은 거니 내가 싫은 거니.ppt**

네 앞에선

수줍어 말 못해도

이 공간은

항상 너로 가득 차

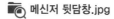 메신저 뒷담창.jpg

이야기
열여섯

얼마나

힘이 들면

이따구

생각까지

📁🔍 **차에 살짝만 치여볼까?.pdf**

이야기
열일곱

수습은

너인데

수습을

왜 내가

 무개념 인턴.pdf

이야기
열여덟

병이 나으면 퇴원

병이 나으려면 퇴근

EXIT

살...려....
줘...

📁 만병통치.ppt

이야기
열아홉

젊은 놈이 내 앞에서

힘들단 소리 마라

젊어 고생은 돈 주고

사서도 하는 거다

🔍📁 넌 젊을 때 돈 많이 모았겠다?.hwp

급할수록

돌아가라더니

주구장창

돌고만 있네

🔍 로딩 표시.jpg

모닝커피 한잔 더

동기들과 회사욕

하루 종일 몽롱해

📷🔍 조기 출근 정책 대표성과.jpg

모든 사람들이 선망하는 회사

모르는 사람들이 선망하는 회사

 나도 속음.xlsx

회식에선

형동생 말까더니

회사에선

급정색 생까더라

📁🔍 지킬&하이드.hwp

이야기
스물넷

받아도 애매하고

안 받아도 애매하고

주기도 애매하고

안 주기도 애매하고

🔍 동료 청첩장(안 친함).hwp

보고서

5

p.121

회의하는 회사원

결재	담당	팀장	상무	본부장	사장	회장
	☺	☺	☺	☺	☺	
	/	/	/	/	/	/

📎 관련문서 첨부

못 본 사이

팍 늙었네

무슨 일 있었어?

어쩐지 야근한 날
더 늙어
보이더라

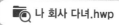

나 회사 다녀.hwp

이야기
둘

동기껀 잔치

선배껀 눈치

상사껀 정치

🔍 결혼식 참석.ppt

이게 뭐야?

내가 언제?

넌 멘토냐 메멘토냐.ppt

담배 좀 끊어

암의 가장 큰 원인이 담배야

아냐 너야.doc

이야기
다섯

'대체 공휴일' 인지?

'대체' 공휴일 인지?

다 출근해.doc

이야기
여섯

그 많은 여직원들

사탕을

다 돌렸네

🔍 너만 주면 들킬까 봐.jpg

예전엔

애인 있냐고 묻더니

요즘은 애 있냐고 묻는다.jpg

이야기
여덟

종일 잘 놀다가

지금 왜 난리야

 식사 중 업무 얘기.hwp

신나서 뛰어간

퇴근길 지하철

복부를 강타한

개찰구 차단봉

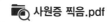 사원증 찍음.pdf

마주친 눈

피하거든

굳이 와서

인사 마라

📁🔍 생얼 출근.psd

이야기
열하나

너무 고마워

가끔 원망해

📁🔍 최종합격 인사담당자.ppt

이야기
열둘

이상하게 맨날

나만 바꾸는 것 같아

내가 꼭
잡고 만다.
마지막으로
마신 넘

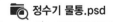

정수기 물통.psd

회사는 다닐만 하니?

돈은 좀 모아뒀니?

애인은 생겼니?

↳

한번에 다 대답해도 돼요?.jpg

이야기
열넷

잘못된 것은

단 하나,

전부입니다.

🔍 우리 회사.jpg

이야기
열다섯

군대에선

여자가 되어주고

회사에선

여유가 되어주는

맥심
사오라셨지
말입니다?

🔍 맥심.hwp

이야기
열여섯

나한테

소개해줄

괜찮은

여자 없냐?

🔍 사람 중에?.ppt

뭐 예쁘다고

내 짐까지 줄여가며

시간까지 쪼개가며

니들 줄거 사고 있나

캐리어에 공간
부족하니까
내 여권이라도
빼야겠다

휴가 때 팀원들 선물.doc

이야기
열여덟

과장도

못되고

가장도

못되고

🖼️🔍 대리들의 이중고.psd

오전에 뭐했다고

이렇게 피곤하지

AM 9:00

 출근.xlsx

한참을

내렸건만

멈추질 않아

🔍 회원가입 창 출생년도 스크롤.jpg

아, 네!

/ 아, 왜!

바로 확인하겠습니다

/ 몰라 나중에

뽑아주셔서 감사합니다

/ 누가 낳아달랬어?

🔍 회사 / 집.xlsx

이야기
스물둘

그토록

바랐었는데

막상...

회사　　집

칼퇴한 날.xlsx

"내가 니 친구냐?"

갈구더니

왜...

📁🔍 페친신청.ppt

보고서

6

p.147

회의하는 회사원

결재	담당	팀장	상무	본부장	사장	회장
	/	/	/	/	/	/

관련문서 첨부

이야기
하나

소맥잔, 양맥잔

원 없이 돌려받았지만

진정 돌려받고 싶은 건

내 청춘.pdf

팀장이 가랬는데

왜 니가

Windows 업데이트 구성 실패
변경을 취소하는 중
컴퓨터의 전원을 끄지 마십시오.

 윈도우 업데이트 시작.jpg

이야기
셋

몸이 처지고

힘이 없는 게

비가 와서 그런가

🔍 회사 와서 그래.hwp

뭘 그렇게

웃고 있어

아침부터

좋은 일 있냐?

너 온 뒤엔 웃을 일 없으니까.jpg

이야기
다섯

애인 있을 땐

야근도 있고

야근 없을 땐

애인도 없다

🔍 벚꽃놀이는 다음 생에.ppt

이야기
여섯

이 회사

안 망하는 거 보면

정말 신기해~

🔍 너 안 짤리는게 더.jpg

휴가 가기

가장 좋은 날?

🖼️🔍 팀장 휴가 복귀 날.psd

봄은 여자가 타고

가을은 남자가 타고

썸은 니들만 타고.ppt

이야기
아홉

힘들어서 마시고

마셔서 더 힘들고

여기
'처음 월급처럼'
추가요~!

100% 충전 완료!!

악술환의 반복.xlsx

야, 올해는

나의 해니까

알아서 잘 모셔라!

📁🔍 맞네, 2016년 '병신년'.ppt

그냥 출근도 싫은데

추운 날 출근은

얼마나 싫겠어

 봄까지 매일 그날.psd

이야기
열둘

조직개편 이라 쓰고

가재는게편 이라 읽는다

📁🔍 사내정치.ppt

이야기
열셋

매끈

어째 니 다리가

내 다리보다 잘빠졌냐

🔍 삼계탕 앞에서 슬퍼지다.jpg

무도

슈돌

개콘

z

z

z

 주말 끝.hwp

이야기 열다섯

너 같으면

빨리 오고 싶겠냐?

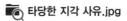

타당한 지각 사유.jpg

아이디어 회의?

아, 이디엇 회의.ppt

이야기
열일곱

당연한 건데

왜 이리 기뻐

🔍 정시 퇴근.psd

이야기
열여덟

고객 니즈

보고서 컨펌

아이디어 회의

🔍📁 한글이야 영어야.jpg

대장 내시경인 줄

 회사 비데 강중약.jpg

띠 . 로 . 리 !

전화받는 척도 하고

신발끈도 묶고 풀고

화장실도 두번 갔다

됐다 싶어 들어가니

사장님 옆자리.jpg

휴가 전 : 곧 휴가니까 야근 좀 해야지?

휴가 중 : 휴가 중이라도 할 건 해야지?

휴가 후 : 놀다 왔으니 빡세게 해야지?

🔍 이런 된장.xlsx

세상에

이런 일이

🔍 회사에선 흔한 일.ppt

2030세대 공략오더 하달

2030세대 직원들이 회의

2030세대 패턴 정밀분석

2030세대 타깃전략 도출

🔍 4060세대 임원이 깜.pdf

이야기
스물넷

예전 : 젊은놈이 뭘 엄살이야

요즘 : 정말 괜찮아? 병원 꼭 가봐...

🔍 몸으로 농담 못할 나이.jpg

회사연

• • •

p.175

서대리   김대리   하사원

회사원들의 사연

첫 번째
사연

다들 어떻게
버티는
건가요??

—

1년차 사회 초년생입니다.

—

그토록 원하던 취업의 기쁨도 잠시

요즘은 정말 하루하루가 지옥 같습니다…

진심으로 궁금해서 여쭤보는 건데

다들 어떻게 이 생활을

몇 년, 몇십 년씩 하시는 건가요?

출근길은 1시간 30분 정도 걸리는데

걸어서 정류장에 가서 버스 타고 가다가

또 지하철로 갈아탑니다.

앉아서 가기는 하지만 회사에 도착하면

어느새 땀범벅에 파김치가 됩니다…

근무시간엔 10분 이상 자리를 비우면

찾는 전화가 오고

점심은 상사가 좋아하는 메뉴를 억지로 먹고,

커피는 또 사비로 먹어야 합니다.

일 빨리 끝내고 퇴근하면 될걸

굳이 저녁 먹고 천천히 들어와서 야근을 하면

밤 9~10시나 되어야 일이 끝납니다.

그러곤 또 상사가 필 받으면 회식을 가지요.

싼 소주로… ㅜ

이런 생활을 1년 정도 계속하니까

정말 미치기 일보 직전입니다.

아직 1년차밖에 안 되어서 그런지 모르겠지만,

이게 내가 원하던 인생인가?

싫기도 하고 하루하루 발전하기보다는

겨우 버티는 것 같고, 정말 출근하기 싫습니다.

분명 저보다 더 힘든 분들도 계실 텐데…

정말 다들 어떻게 버티시는 건가요??

남들은
꽃밭이라
좋겠다는데

—

화장품 회사 남자직원입니다.

—

두 달 전 화장품 회사로 경력직 이직을 했습니다.

첫 이직이고 평소 해보고 싶었던 일이라

기대를 많이 하고 갔습니다.

화장품 회사라 그런지 팀장님 빼고는

전부 여직원이더군요;;

여자 8명, 저 1명… 친구들은 소녀시대 매니저로

취직했다며 부러워했죠.

초반엔 이전 회사의 칙칙한 분위기와 달리

밝고 시끌시끌한 분위기가 좋았습니다.

<u>하지만</u> 그 행복은 오래가지 못했죠.

친해지기 위해서 같이 점심을 먹으려 계속 시도했지만,

다들 약속이 있다며 나가버리더라고요.

뭐… 점심은 그러려니 했는데,

후식으로 커피와 케이크 같은 것을 사와서 자기들끼리만

여자 휴게실에 들어가서 먹더군요.

남자는 들어갈 수도 없으니 당연히 낄 수도 없었습니다.

차라리 대학교 때처럼 오빠 오빠~

하면서 커피라도 사달라고 하면

지출을 감수하더라도 같이 마실 수 있을 텐데,

더 가관인 것은 5명, 3명 따로 뭉쳐서 다니는데

하루는 제게 일을 부탁하면서 두 세력 간에

누구 일을 먼저 해줘야 하는지로 막 다투더군요;;

중간에서 저는 정말 이러지도 저러지도 못하고ㅜ

최대한 빨리 두 개 다 해드리겠다며

결국 혼자 야근을 했습니다!

업무 외적으로 이렇게 스트레스를 받을지는

상상도 못했는데…

업무적으로는 적성에도 맞고 관심 분야라

앞으로 쭉 이 팀에서 잘 해보고 싶습니다.

남자인 팀장님을 공략해 볼까도 했지만,

팀원들에겐 별 관심도 없으신 것 같고…

이 가시뿐인 장미밭에서

어떻게 해야 할지 정말 고민입니다.

—

남자 직장인입니다.

—

지금 쓰면서도 부끄럽기는 하지만,

풀 곳도 없고…

저희 팀에 30대 후반 <u>노처녀 차장님</u>이 계십니다.

평소에 팀원들을 엄청 잘 챙기고, 먹을 것도 잘 사주시고,

일도 똑 부러지게 하셔서 평판이 매우 좋습니다.

저도 처음 왔을 때 차장님께서

1부터 10까지 챙겨주신 덕분에

팀에 적응도 잘하고 일도 많이 배웠습니다.

하지만 문제는!!

제 연애사에 너무 관심을 가진다는 겁니다.

퇴근 전이면 항상

"오늘 애인이랑 뭐 할 거야? 내가 맛집 아는데 알려줄까?

그렇게 하면 여자친구가 싫어하지!" 등…

마치 본인이 연애하는 것처럼 <u>간섭을 하십니다.</u>

얼마 전엔 여자친구와 200일이었는데,

의도치 않게 선물 얘기를 하다가 차장님께서

"그런 센스 없는 선물은 할머니도 안 좋아해.

주말에 내가 같이 골라줄 테니 나와!" 하시는 겁니다;;

당연 농담인 줄 알았는데

금요일에 재확인까지 하시더니

결국 저와 같이 백화점에 가서

여자친구 선물을 골라줬습니다…

솔직히 이건 오버인 것 같아서

팀원들에게 얘기했더니,

좋은 의도로 하신 거니까 너무 그러지 말라고

오히려 차장님 편을 드는 겁니다.

저도 평소에 좋은 분인 건 인정합니다.

하지만 공과 사는 지켜야 하는 건데

확 헤어졌다고 거짓말할까 생각할 정도입니다.

그냥 동생처럼 아껴서 그러시는 것 같기도 하고,

애인이 없으신 게 좀 측은하기도 하다가

또 꼬치꼬치 묻고 간섭할 땐 화가 납니다.

어찌해야 할까요?

네 번째
사연

헤어지지
못하는
사내 커플

—

20대 후반 남자입니다.

—

저는 1년 넘게 사내 연애를 하고 있고

주위 동료들 사이에서도

잘 어울리는 잉꼬 커플로 유명합니다.

팀장님께서도 가끔 영화 표나 상품권을 주시며

데이트할 때 쓰라고 할 정도입니다.

하지만 문제는

제 마음이 변했다는 것입니다.

한눈판 적도 없고 열과 성을 다해서 사랑했지만

365일 매일 봐서 그런지 서로에게 너무 익숙해졌고,

더 이상 설레는 감정도 남아 있지 않습니다.

물론 여자친구도 어느 정도 눈치 챈 것 같지만

서로 공식적으로 얘기를 한 적은 없습니다.

사내에서 여자친구에 대한 평판은

거의 완벽하다고 할 정도입니다.

일도 잘하고, 남도 잘 배려하고, 속도 깊고…

저도 그런 모습에 좋아하게 되었고요.

주위의 다른 남자 선배들도 여자친구 눈에 눈물 나게 하면

가만 안 둔다고 농담을 할 정도입니다.

이런 외부에서 저희 커플에게 거는 기대와

여자친구에 대한 좋은 평판이

제가 헤어짐을 말하는 데 있어서

불안요소로 작용하고 있습니다.

같은 사무실이라 헤어져도 매일 봐야 하고,

주위 사람들 역시 우리 둘이 헤어졌다면 분명

저의 잘못 때문이라고 생각할 것 같습니다.

물론 여자친구가 그렇게 얘기하진 않겠지만

여직원들 평소에 입소문 내는 것 보면

안 봐도 비디오입니다.

물론 사무실 눈치 때문에

못 헤어지겠다는 것은 오버이지만,

확실히 너무 신경 쓰이고

매일매일 불편할 것 같습니다.

다섯 번째
사연

계약직인 게
잘못
인가요?

—

25살 여자 사회 초년생입니다.

—

계약직으로 1년 정도 일을 하고 있어요.

누구나 그렇겠지만

정규직 전환을 위해 노력하고 있습니다.

정규직보다 일이 적은 것도 아니고

월급도 적지만 나름 자부심을 가지고

야근도 마다치 않고 남들보다

더 열심히 하고 있습니다.

하지만 저는 이 회사를 내 회사라 생각하는데,

회사는 그렇지 않은 것 같습니다.

직원들은 저를 떠날 사람이라고 생각해서 그런지

일부러 정을 안 붙이는 것 같고,

사내 행사나 복지에서도 열외다 보니

일을 열심히 할수록

저는 더 외롭고 쓸쓸한 기분입니다.

그래도 어렵게 얻은 기회인 만큼

마음을 다잡고 힘을 내보지만

정규직 전환에 대한 보장도 없다 보니

시간이 지날수록 더 불안해집니다.

그런 와중에

과도한 업무량에 시달리고,

실수는 잦아지고,

위로해줄 사람은 없고…

이런 기분이 반복되면서

며칠 전엔 혼나는 도중에

눈물이 왈칵 나올 뻔했습니다.

정말 열심히 해서 정규직이 되겠다는 건데…

점점 견디기가 버거워집니다.

남들
앞에서만
혼내는 상사

—

20대 회사원입니다.

—

전 누구나 잘못을 할 수 있다고 생각합니다.

또 그 잘못에 대한 지적도

당연히 당할 수 있다고 생각합니다.

하지만 제가 당하는 방식은 좀 아닌 것 같아서 하소연합니다.

제 선임은 제가 잘못을 하면 꼭!

직원들이 다 있는 사무실에서 큰 소리로 지적을 합니다.

일부러 다들 들으라는 듯 큰 소리로,

비꼬는 말투로 혼을 냅니다.

분명히 따로 얘기할 기회도 있었는데…

물론 제 잘못이 있기에 혼날 수 있는 것이지만,

사무실에 다른 동료들도 있고

심지어 후임들도 있는데…

매번 그런 식으로 공개적으로 지적을 하니까

자존심도 너무 상하고 후임들이 잘못을 해도

왠지 제가 지적하기가 어려워집니다.

한번은 협력사 직원들과 함께 회의를 하는데,

그 외부 직원 많은 데서 대놓고

저를 타박하는 겁니다!

사실 선임이 잘못 알고 있던 것이지만,

협력사 직원들 있는 자리에서

집안싸움처럼 보일까 봐

'당신이 잘못 알고 있는 거다!' 하지 못했는데…

나중엔 또 애정이 있어서 그런 거라고 하니

막 화내기도 그렇고ㅜ

이건 도대체 어떻게 얘기를 해야 할까요?

—

남자 과장님을 고발하려 합니다.

—

회사에서 맨날 일은 안 하시고,

집에서 각방 쓴다는 얘기나

안 들키고 바람 핀 얘기를

<u>자랑처럼</u> 늘어놓습니다.

처음엔 그냥 농담이겠거니 하고 넘어갔는데,

시간이 지날수록 점점 더 <u>불편해졌습니다</u>.

사건은 과장님과 저 그리고 다른 부서직원의

술자리에서 발생했습니다!

컨디션도 안 좋은데 술을 먹다 보니

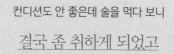

결국 좀 취하게 되었고

불안한 마음에 집에 간다고 나왔는데,

과장님이 비슷한 방향이라며 데려다 준다는 겁니다.

당연히 거절했지만, 상사의 호의를 거절하는 건

예의가 아니라는 둥… 결국 같이 탔습니다.

정신을 똑바로 차리려 기를 썼지만,

따듯한 택시 시트에 스르륵 잠이 들었고…

문득 이상한 느낌에 눈을 떴더니,

그 자식이 제 몸을 더듬고 있었습니다…!!!ㅜ

너무 놀라고 불쾌했지만,

직장 상사이기도 하고

회사도 다녀야 해서

몸을 뒤척이는 척 밀어내고 왔습니다…ㅜ

결국 그 후로 오래 버티지 못하고

회사를 그만뒀지만 이걸 회사에 신고하거나

법적으로 조치를 취할 수 없는지,

아직까지도 너무 화가 나고

소름 끼칩니다!

—

20대 후반 여자입니다.

—

사회생활도 어느 정도 하고

남직원들 사이에서 웬만큼 짓궂은 농담도

호호 하며 넘어갈 정도 내공은 쌓였습니다.

하지만 해도 해도 이건 정말

도저히 참을 수가 없네요.

회사에서 공용으로 사용하는 컴퓨터가 있는데,

어떤 도레미 X 놈이

야한 동영상을 다운로드해 놓은 겁니다!

처음엔 어떤 불쌍한 중생이 이런 짓을! 하고

그냥 파일만 싹 삭제해 놨는데

다음에 보니까

또 다운로드돼 있더라고요…

솔직히 회사에서 쓰는 사람 뻔한데,

이걸 공개적으로 밝혀서

변태를 잡아내야 하는 건지

여직원도 같이 쓰는 거 알면서

이런 짓을 하는 사람이

같은 사무실에 있다는 게

무섭기도 하고,

고발했다가

괜히 해코지 당하는 건 아닌지

걱정도 되지만…

그렇다고 그냥 넘어가긴 싫고,

화가 나네요 정말!

어째야 할까요?

—

영업 일을 하는 남자 직원입니다.

—

전 영업직 특성상

하루에 절반은 밖에 나가 있습니다.

여기저기 거래처를 돌아다니며 고객님,

사장님들을 만나고 타 매장에 방문해서

시장조사도 하고 있습니다.

찌는 여름 내내 하루에 10곳 이상을 다니며

<u>땀으로 샤워하는</u> 고생을 했지만

영업직이라 시간 운용이 가능하기 때문에

위안 삼고 일을 했습니다.

외근 영업 일을 하는 분들은 아시겠지만,

일이 좀 빨리 끝나면 집에 바로 갈 때도 있고

너무 덥고 힘들면 카페에 잠시 들러

커피 한잔을 하기도 합니다.

솔직히 이런 장점이 없으면

영업은 할 수 없다고 생각합니다.

그런데 문제는,

회사에서 영업사원의 폰에

위치 추적 앱!을 깔겠다고 한 겁니다.

그것도 선택이 아닌 필수로…

회사 입장에서는 근무시간에

직원들 근무 위치 확인하는 게

뭐가 문제냐고 하는데

안 그래도 힘든 업무에

감시 당하는 기분까지…

그냥 회사가 시키는 대로

앱을 깔아야만 하는 걸까요?

열 번째
사연

해외파가
잘못
인가요?

—

해외 공채를 통해 근무한 지
14개월쯤 된 여사원입니다.

—

모든 신입 사원들이 다 힘들다고 느끼겠지만

1년 정도 근무하면서

정말 <u>이해 안 되고</u>

힘든 일이 많았습니다.

제일 먼저 이해 안 됐던 건

해외 공채는 왜 뽑았냐는 겁니다.

영어 한번 쓴 적도 없고

해외시장 관련 업무를 하는 것도 아니고…

오히려 뭔 일만 있으면

"네가 한국 문화를 몰라서 그래~"

하고 무시나 받습니다.

또 개인 사정이 있어서

퇴근을 좀 빨리 하려 하면

"역시 어메리칸 마인드는 달라,

6시 땡 치면 가고"라며 비꼬기도 합니다.

아니, 제가 할 일을 안 하고 가는 것도 아니고

다 하고 간다는데 그런 식으로 말하는 건

정말 이해가 안 됩니다.

가장 기분이 나빴던 건

<u>은근슬쩍</u> 성적인 농담을 제게 하면서

고기 먹고 자라서 몸이 다르다는 둥,

한국보다 오픈 마인드이지 않느냐는 둥

희롱을 한다는 겁니다…

물론 제가 한국 문화를

100% 이해 못하는 부분도 있겠지만

공과 사를 구분하고,

제 <u>개인의 삶을 중요시</u>하는 걸 이기적이고

자기중심적인 것으로 매도하며

"한국 문화를 배워야 돼!"라고 하는 건

잘못됐다고 생각합니다. 제가 이상한 거 아니죠ㅜ?

열한 번째
사연

알코올
중독
되겠어요

—

이러다 진짜 죽을 것 같아서 하소연해요ㅜ

—

전 대학 다닐 때도 술이 약해서

항상 적당히 마시곤 했는데

지금 팀장님이 술을 너무 좋아하셔서

정말 죽을 지경이에요.

거짓말 안 보태고 일주일에 5번은

기본으로 술을 마시고요.

낮에 반주할 때도 있고,

<u>주말에 팀원들 소집</u>해서

마실 때도 있어요…

저는 술 마시면 얼굴이 빨개져서

다른 팀 사람들 보기에 눈치도 보이고,

술 냄새 풍기며 회사 들어가기도 싫지만

팀장님이 마시자는데 안 마실 수도 없고…

지금도 술 한잔하고 제보를 하고 있어요ㅋㅋㅜ

문제는 팀장님이 술이랑 상관없이

일도 잘하고 팀원들도 잘 챙겨서

회사에서 인정받는다는 거죠.

그래서 저희는 술 안 마실 핑계도 없고요.

여직원 한 명은 머리를 써서 들어올 때부터

종교적 이유로 못 마신다 했는데

저는 지금 와서 개종할 수도 없고ㅜ

술 빼곤 배울 점도 많고

발전 가능성도 있고

팀 분위기도 좋은데…

회식이 너무 잦으니

자기계발도 못하고,

몸도 안 좋아지는 것 같고…

술에 적응하면 나아질까요?

일이 너무
편해서
힘들어요

—

26살 2년차 직장이에요.

—

미쳤다고 하시는 분들도 계시겠지만

일이 너무 편해서… 고민입니다.

잦은 야근에 주말 근무에 고생하시는 분들

많다는 거 알지만,

저도 나름대로 힘이 드는 건 사실이에요.

출근해서 업데이트 몇 개 하고

신문 스크랩하고 나면 10시쯤 됩니다.

그럼 점심까지는 할 일이 없어요.

오후에도 비슷해요.

한 3시쯤이면 오후 일정도 다 끝나서

종일 멍~~~ 하니 앉아만 있어요.

물론 처음엔 인터넷 쇼핑도 하고,

웹서핑도 했는데 몇 개월 하다 보니

이게 뭐 하는 건가 싶기도 하고,

대학 때 열심히 했던 게 아깝기도 하고…

젊을 때 좀 더 열심히 해야겠다는 생각에

좀 빡센 곳을 찾아볼까도 했는데,

주위에선 미쳤다며

왜 복을 걷어차냐고 만류합니다.

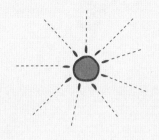

솔직히 여기서는 발전도 없고,

점점 현실에 안주하기만 할 텐데…

막상 이런 생활하다가 빡센 곳에서

적응 잘할까 두렵기도 합니다.

오늘도 업무시간에 사연 적습니다.

젊어서 고생, 해야 할까요?

이직하면
미운 오리 새끼?

—

좋은 기회가 있어 이직을 하게 됐습니다.

—

회사에서 몰래 준비를 하고

면접 보러 다닌 것도 힘들었지만

막상 회사에 밝힌 후가 너무 힘드네요…

새 회사에서는 빨리 와달라고 했지만,

기존 회사 일을 책임감 있게 정리하기 위해

한 달 정도 더 있다가 간다고 했는데

그게 정말 큰 실수였습니다.

매일같이 상사가 불러서

'네가 뭘 몰라서 그런다는 둥,

후회한다는 둥'

어떻게 새로운 곳에 가서

잘 해보라는 응원은 하나도 없네요… ㅜ

더 무서운 건,

조금만 꼬투리가 생기면

선배들이 "이제 내 회사 아니라 이거냐?,

떠난다고 티내냐?"며

혼을 내는 겁니다.

그래놓고 한턱내라며 커피나 사라고 하고…

여기가 내가 일했던 곳이 맞나?

싶을 정도로 한순간

미운 오리 새끼가 된 기분에

얼떨떨하고 눈물이 날 정도입니다.

원래 이직할 땐 이런 건가요?

입사한 지 2달 정도 되는 여자 신입 사원입니다.

처음 팀에 왔을 때 남자 대리 한 분이

'사수'로 배정 되었는데요,

정말 이 사람 때문에 미쳐버릴 것 같아요┬

처음 와서 90도로 밝게 인사를 했는데도

시큰둥하게 '응' 하더니

그 불길한 느낌은

틀린 것이 아니었어요.

팀장님이

"막내한테 이거 이거 잘 알려줘"

하면 대답은 "네 알겠습니다" 하고는

대충 뭔지도 모를 자료를 던져주고

"이렇게 이렇게 하면 돼, 알았지?" 하며

<u>휙</u>～ 돌아가 버립니다…

나중에 팀장님이 확인할 때

대답을 잘 못해서

"이거 사수가 안 알려줬어?"라고 물으셨는데

그 자리에서 "네!!"라고 대답할 수도 없고,

결국 '죄송합니다'만 연발했어요…

또 같이 프로젝트를 할 때면

자기 혼자 쓱쓱쓱 하다가

찍 먼저 보고를 해버리고 내용을 물어봐도

"내가 보고한 파일 봐" 라고만 하니…

다른 사람들 대하는 거 보면

성격이 정말 차가운 건 아닌 것 같은데,

저한텐 왜 이러는 걸까요… ㅜ

다른 분께 도움을 청해야 할까요?

—

2년차 남자 직장인입니다.

—

전 요즘 정말 <u>연애 ㄱ ㅈ</u>가 된 것 같습니다.

취준생 땐 번듯한 직장만 가지면

본격적으로 어른들의

사랑을 시작할 줄 알았는데

지금 1년 반 넘게

솔로로 지내고 있습니다···

대학 땐 동아리에서 또는 공모전 준비하다가

자연스럽게 연애를 했는데

어떻게 취직한 이후로는

그런 자연스러운 기회가 하나도 없습니다…

소개팅은 퇴근시간이 랜덤이라 약속 잡기도 쉽지 않고,

맘에 드는 여자를 만나도

몇 번 약속을 바꾸다 보니 차이기 일쑤입니다.

동호회 모임도 몇 번 나갔지만

회사생활 하면서 꾸준히 모임에

나가기가 쉽지 않더군요.

그렇다고 회사 안에서 찾기엔

우리회사 월급 뻔한데,

여자 쪽에서 성에 안 찰 것 같고ㅜ

일단 사귀면 열심히 잘할 것 같은데,

시작이 쉽지가 않으니

점점 자신감만 하락합니다…

정말 이러다가 듀오에 가입해야 하나 싶기도 하고,

다른 직장인 분들은

연애 어떻게 시작하시나요?

—

전 3년차 여직원입니다.

—

이름을 들으면 누구나 알 정도의

대기업에 다니고 있고

나름 로열티를 갖고 회사에 다니고 있었어요.

하지만 그 로열티는 얼마 전 0이 되었네요.

멀쩡하게 잘 다니던 팀이 '조직개편'이라는

명목하에 통째로 사라져 버렸고,

일 잘하고 팀원들 잘 챙겨주시던 팀장님은

줄을 잘못 섰다는 이유로

하루아침에 계열사로 발령 받으셨어요…

저와 팀원들 역시 한순간

둥지 잃은 아기새처럼

갈 곳을 찾아 헤매야 했죠.

정말 놀라고 분노가 치밀어 올랐던 것은

대외적 이미지 좋은 이 정도 대기업에서

직원들을 이렇게나 케어하지 않는다는 점이었어요.

체계적으로 관련 부서로 이동하긴 개뿔!

TO가 있는 팀의 자리를 스스로 구걸하듯 알아봐야 했고,

그것마저 선착순에 밀리면

지방으로라도 이동해야 하는 상황이었죠.

정말 억울하고 어이가 없어서

한동안은 이게 현실인가 싶었네요…

다행히도 저는 집에서 멀지 않은 팀으로 배정받아

출근을 하게 되었지만

이번 주말에 구직사이트에

이력서를 올릴 계획이에요ㅎㅎ

직장인으로 살려면

이런 부품 취급은 당연한 것인가요?

└ 더 많은 직장인들의 솔직한 사연에
'조언 및 응원 댓글' 주실 분들은 검색창에 '회사연'을 쳐보세요!

회의하는 회사원